Familias de elementos

Cada **familia de elementos** tiene los **mismos números**.

```
   4       4       7      [7]
 + 3    +[3]    - 3     - 4
 ---    ---    ---    ---
  [7]     7      [4]     3
```

Panda gigante

Escribe los números que faltan en cada **familia de elementos**.

1. 2   5   7   [ ]   2. [ ]   3   9   9
   +5   +[] -2 -5   +3   +6   -[] -3
   --- --- --- ---   --- --- --- ---
   [ ]   7   [ ] 2   9   [ ]   3   [ ]

3. 4   [ ] [ ] [ ]   4. [ ]   4   6   6
   +5   +4   -4   -5   +4   +[] -[] -[]
   --- --- --- ---   --- --- --- ---
   [ ]   9   5   4   6   6   2   4

5. 6   7   13   13   6. 8   [ ] 13   13
   +7   +6   -7   -[]   +[] +8   -[] -5
   --- --- --- ---   --- --- --- ---
   [ ] [ ] [ ]   7   13   13   5   [ ]

7. 7   9   16   [ ]   8. 4   8   12   12
   +9   +7   -9   -7   +[] +4   -[] -[]
   --- --- --- ---   --- --- --- ---
   [ ] [ ] [ ]   9   12   [ ]   4   8
```
```

Familias de elementos

6, 7, 13

$6 + 7 = 13$
$7 + 6 = 13$
$13 - 6 = 7$
$13 - 7 = 6$

Observa cada **familia** de números.
Escribe los elementos para cada **familia**.

1. **6, 8, 14**   **3, 12, 15**   **7, 8, 15**

2. **2, 18, 20**   **20, 20, 40**   **12, 13, 25**

3. **3, 5, 8**   **9, 0, 9**

Oso marino austral

Suma de números de dos cifras

1. Suma las **decenas**.
   6 + 6 = 12
   12 es 1 decena y
   2 unidades

2. Suma las **decenas**.
   No olvides **decena**.
   1 + 3 = 4 decenas

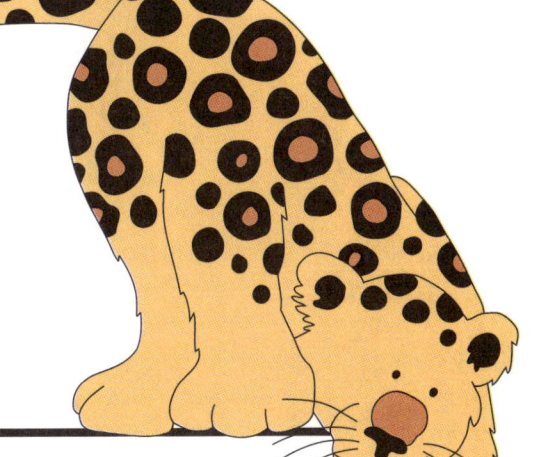

Horizontales

1. 55
   +37

2. 29
   +46

3. 47
   +18

5. 18
   +15

6. 59
   +17

8. 77
   +15

Leopardo

9. 25
   +18

10. 24
   +67

14. 14
   +19

15. 35
   +16

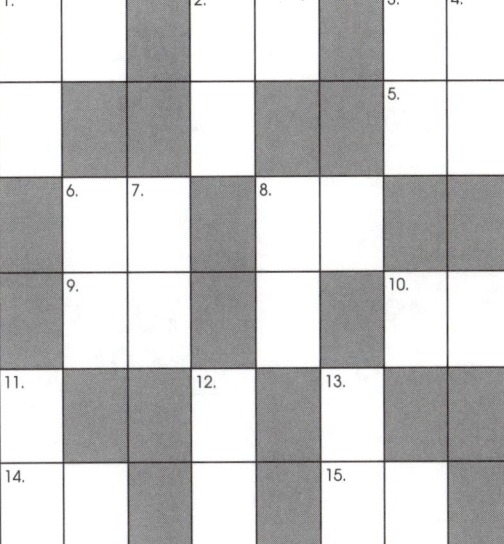

Verticales

1. 28
   +68

2. 39
   +35

3. 24
   +39

4. 17
   +36

6. 28
   +46

7. 34
   +29

8. 76
   +14

11. 45
   +38

12. 37
   +58

13. 29
   +36

Suma de números de dos cifras con reagrupación

Suma de números de tres cifras

```
   cientos        cientos           cientos
      decenas        decenas           decenas
         unidades       unidades          unidades
      1              1  1              1  1
   3 4 6           3 4 6           3 4 6
  +2 8 6          +2 8 6          +2 8 6
  ─────           ─────           ─────
       2             3 2           6 3 2
```

1. Suma las **unidades**.
   6 + 6 = 12
   12 es **1 decena**
   y **2 unidades**.

2. Suma las **decenas**.
   No olvides la **decena**.
   1 + 4 + 8 = 13

3. Suma los **cientos**.
   No olvides el **ciento**.
   1 + 3 + 2 = 6

Suma los números.
Escribe la **suma**.

1. 221   398   375   200
   +579   +352   +246   +200

2. 519   600   634   721
   +399   +300   +200   +189

3. 496   100   519   131
   +366   +500   +181   +689

4. 700   400   647   200
   +197   +450   +188   +600

Tortuga verde

Tortuga de caparazón de piel

Suma de tres números

$$\begin{array}{r}\overset{1}{3}3\\8\\+1\ 4\\\hline 5\end{array}$$
1. Suma las **unidades**.
   Suma los primeros dos números.
   3 + 8 = 11
   Suma el tercer número.
   11 + 4 = 15

$$\begin{array}{r}\overset{1}{3}3\\8\\+1\ 4\\\hline 5\ 5\end{array}$$
2. Suma las **decenas**.
   No olvides la **decena**.
   1 + 3 = 4
   Suma el tercer número.
   4 + 1 = 5

Cocodrilo del Nilo

Suma los números.
Escribe la **suma**.

1.
```
  32        18        21        76         2
   7         1         0         2        18
 +20       +36        + 3       +11        + 5
```

2.
```
  51         8        32        56        35
   5        27        22        33        42
 + 2        + 9       + 5       +10       + 5
```

3.
```
   3        25         6        62        83
  21        46         2        33         5
 + 5       +14        +54       + 5       +20
```

Caimán

Escritura de los números en orden

Serpiente de viña
Murciélago de la fruta

Lee cada conjunto de números.
Escríbelos en **orden** del **menor** al **mayor**.

1. **36, 19, 47, 21** ___ ___ ___ ___

2. **76, 65, 33, 56** ___ ___ ___ ___

3. **59, 46, 32, 17** ___ ___ ___ ___

4. **89, 26, 39, 19** ___ ___ ___ ___

5. **319, 721, 976, 351** ___ ___ ___ ___

6. **572, 897, 711, 999** ___ ___ ___ ___

7. **702, 124, 231, 100** ___ ___ ___ ___

8. **308, 788, 416, 596** ___ ___ ___ ___

9. **102, 36, 98, 419** ___ ___ ___ ___

10. **42, 813, 56, 789** ___ ___ ___ ___

Resta de números de dos cifras

1. Empieza con las **unidades**.
   4 − 7 no se puede hacer.
   Debes **renombrar**.

2. Quita **1 decena** de las **decenas**.
   10 + 4 = 14 en las **unidades**.
   3 − 1 = 2 en las **decenas**.

3. Ahora resta.
   Las **unidades**
   primero.
   Ahora las **decenas**.

Resta los números.
Escribe la **diferencia**.
Renombra si es necesario.

1. 65   28   63   96
   −22   −13   −24   −35

2. 86   78   36   77
   −85   −33   −28   −35

3. 80   92   67   36
   −31   −54   −18   −27

4. 99   85   82   90
   −44   −49   −55   −25

Avestruz

Resta de números tres cifras

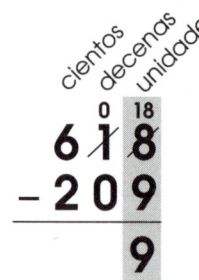

1. Resta las **unidades**.
   8 – 9 no se puede hacer.
   Renombra 8 a 18 y luego resta.

2. Resta las **decenas**.
   Recuerda que el 1 se fue.
   0 – 0 = 0

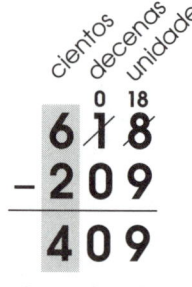

3. Resta los **cientos**.
   6 – 2 = 4

Resta los números.
Escribe la **diferencia**.
Renombra si es necesario.

1. 148   174   243   255
   – 36   – 43   – 33   – 48

2. 353   326   870   258
   –205   –250   –328   –146

3. 694   786   971   777
   –589   –579   – 26   –456

4. 219   493   800   550
   – 14   –188   –250   –315

Nutria marina

Vamos a desplegarnos

Escribe el siguiente número en **forma desplegada** con **numerales**.

372 = **300** + **70** + **2**

Escribe el número en **forma desplegada**, esta vez usando **palabras**.

372 = **3** cientos + **7** decenas + **2** unidades

Escribe los siguientes números en **forma desplegada** usando **numerales**.

1. **562** = _____ + _____ + _____
2. **953** = _____ + _____ + _____
3. **375** = _____ + _____ + _____
4. **617** = _____ + _____ + _____
5. **109** = _____ + _____ + _____

Oso polar

Escribe los siguientes números en **forma desplegada** usando **palabras**.

6. **749** = _____ + _____ + _____
7. **514** = _____ + _____ + _____
8. **936** = _____ + _____ + _____
9. **398** = _____ + _____ + _____
10. **617** = _____ + _____ + _____

©School Zone® Publishing Company — Forma desplegada con palabras y números

Encuentra miles, cientos, decenas y unidades

	7	8	3	4
7,834	miles	cientos	decenas	unidades

En cada número siguiente, un dígito está en **negritas**. Encierra en un círculo la respuesta que muestre el **valor de la posición** de ese dígito.

1. 2,43**5**   miles   cientos   decenas   (unidades)
2. 8,**2**59   miles   cientos   decenas   unidades
3. **1**,020   miles   cientos   decenas   unidades
4. **2**,435   miles   cientos   decenas   unidades
5. 9,5**4**1   miles   cientos   decenas   unidades
6. 1,02**0**   miles   cientos   decenas   unidades

Encierra en un círculo el número correcto.

7. Encierra en un círculo las **unidades**.   8 , 1 9 (1)
8. Encierra en un círculo los **miles**.   4 , 2 7 5
9. Encierra en un círculo los **cientos**.   1 , 2 4 3
10. Encierra en un círculo las **decenas**.   9 , 4 7 0
11. Encierra en un círculo los **miles**.   5 , 4 3 7
12. Encierra en un círculo los **cientos**.   7 , 7 5 1

Valor de la posición

Horizontales

1. **2** cientos + **6** decenas + **8** unidades
3. **3** cientos + **9** decenas + **7** unidades
5. **4** miles + **7** cientos + **8** decenas + **0** unidades
7. tres mil trescientos treinta y tres
8. **9,235** menos **200**
9. seiscientos veintidós
11. **6** cientos + **7** decenas + **8** unidades
13. **5,890** menos **500**
15. **8** miles + **1** ciento + **2** decenas + **6** unidades
16. **70** más **120**
17. dos mil quinientos cincuenta

(Verifica tus respuestas con los números verticales.)

Verticales

1. **2** miles + **9** cientos + **5** decenas + **9** unidades
2. ocho mil cuatrocientos treinta y tres
3. **2,000** más **1,036**
4. **7** miles + **3** cientos + **9** decenas + **2** unidades
6. **8,354** menos **1,000**
10. dos mil quinientos noventa y nueve
11. **695** menos **10**
12. **400** más **422**
14. **3** cientos + **1** decena + **0** unidades

Pingüino galápago

Mayor que o menor que

1,525 es **mayor** que 1,520.
1,52<u>5</u> > 1,52<u>0</u>   ¿Qué dígitos comparaste?   <u>Unidades</u>

2,650 es **menor** que 3,210.
<u>2</u>,650 < <u>3</u>,210   ¿Qué dígitos comparaste?   <u>Miles</u>

Pelícano pardo

Coloca un símbolo > o < en cada círculo.

1. 5,148 ◯ 4,185   ¿Qué dígitos comparaste?   _____
2. 6,450 ◯ 6,504   ¿Qué dígitos comparaste?   _____
3. 5,709 ◯ 5,704   ¿Qué dígitos comparaste?   _____
4. 9,205 ◯ 9,250   ¿Qué dígitos comparaste?   _____
5. 3,239 ◯ 3,299   ¿Qué dígitos comparaste?   _____
6. 4,398 ◯ 2,459   ¿Qué dígitos comparaste?   _____
7. 2,879 ◯ 2,814   ¿Qué dígitos comparaste?   _____

Escribe estos números en **orden** del **menor** al **mayor**.

8. 6,705 6,075 6,507 675   ____ ____ ____ ____

9. 4,279 7,942 987 4,297   ____ ____ ____ ____

10. 56 506 6,052 6,502   ____ ____ ____ ____

Desafío: Con los dígitos **3, 9, 1, 6** escribe el número de cuatro cifras **más grande** que puedas. _____

Suma de números de cuatro cifras

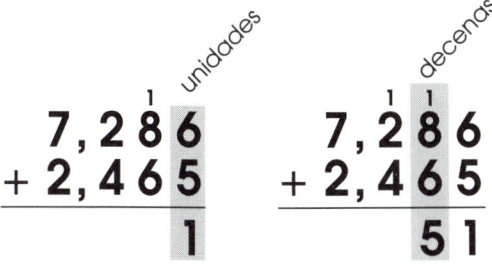

```
    unidades        decenas          cientos          miles
      1              1 1              1 1             1 1
  7,2 8 6          7,2 8 6          7,2 8 6          7,2 8 6
+ 2,4 6 5        + 2,4 6 5        + 2,4 6 5        + 2,4 6 5
      1              5 1            7 5 1          9,7 5 1
```

Empieza con las **unidades**, luego sigue con las **decenas** y pasa a los **cientos**, y luego da un paso más: suma los **miles**. Coloca una coma entre la posición de los **cientos** y los **miles**.

Encuentra las **sumas** de cada problema. Coloca una coma en tu respuesta. Recuerda: tal vez necesites **reagrupar** más de una vez en un problema.

1.   4,840   5,462   2,640
       + 1,023   +   923   + 3,173

2.   8,540   7,731   1,847
       +   482   + 1,273   + 6,259

3.   4,787   6,354   2,743
       + 1,896   + 2,498   + 5,189

4.   3,086   6,259   4,274
       + 5,027   + 1,362   + 3,899

Manatí

Resta de números de cuatro cifras

```
      unidades           decenas              cientos
                                           1  16
   2,6 3 7̸            2,6 3̸ 7           2̸,6̸ 3 7
 - 1,7 1 5          - 1,7 1 5          - 1,7 1 5
 ─────────          ─────────          ─────────
           2              2 2            9 2 2
```

Recuerda: empieza con las **unidades**.

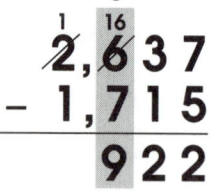

Pitón de la India

Encuentra la **diferencia** de cada problema.
Coloca una coma en tu respuesta.
Recuerda: tal vez necesites **renombrar** más de una vez en un problema.

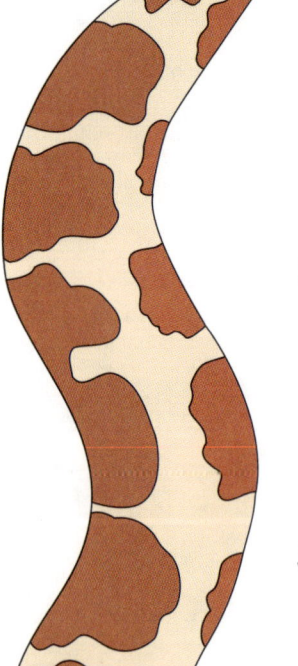

1.   4,345   3,926   1,135
      − 3,261   − 2,842   − 841

2.   9,004   6,757   3,502
      − 7,539   − 4,902   − 1,201

3.   8,435   6,005   5,806
      − 5,713   − 2,076   − 3,402

4.   4,200   7,261   9,214
      − 374   − 3,521   − 7,007

Aprendamos a redondear

Redondear significa hacer un número **más pequeño** o **más grande**.
Para redondear a la **decena** más próxima, observa las posiciones de las **unidades**.
Si el número es **5 o mayor**, redondea **aumentando** a la **decena** más próxima.
Si el número es **4 o menor**, redondea **disminuyendo** a la **decena** más próxima.

90
89
88
87
86
85
84
83
82
81
80

Hurón de patas negras

¿El **83** está más cerca de **80** o de **90**? __80__

Observa los números en negritas de abajo.
Encierra en un círculo el número que se **redondea** a la **decena** más próxima.

1. **32**   (30)   40
    19   10   20
    55   50   60
    41   40   50
    28   20   30
    62   60   70

2. **89**   80   90
    64   60   70
    26   20   30
    77   70   80
    39   30   40
    33   30   40

Redondea cada número a la **decena** más próxima.

3. **64**   __60__
    22   _____
    31   _____
    35   _____
    18   _____
    89   _____

4. **86**   _____
    49   _____
    43   _____
    67   _____
    3   _____
    76   _____

Perro de las praderas mexicano

Multiplicación de conjuntos

Este es un conjunto de **2** osos.

Estos son **3** conjuntos con **2** osos en cada uno.

     3 x 2 = 6

Oso pardo

Multiplica los números.
Escribe el **producto** (la respuesta).

1. **2** x **4** = _____   **2** x **5** = _____

2. **2** x **6** = _____   **3** x **6** = _____

3. **2** x **8** = _____   **2** x **7** = _____

Multiplicación por 0, 1, 2 y 3

La **multiplicación** es una **repetición de sumas**.
$3 \times 5 = 15$ es $5 + 5 + 5 = 15$

$3 \times 5 = \underline{15}$

Multiplica los números. Escribe el **producto**.

Cuenta de **2 en 2**.

1. $2 \times 2 =$ ____
   $2 \times 3 =$ ____
   $2 \times 4 =$ ____
   $2 \times 5 =$ ____
   $2 \times 6 =$ ____
   $2 \times 7 =$ ____
   $2 \times 8 =$ ____
   $2 \times 9 =$ ____

Cuenta de **3 en 3**.

2. $3 \times 2 =$ ____
   $3 \times 3 =$ ____
   $3 \times 4 =$ ____
   $3 \times 5 =$ ____
   $3 \times 6 =$ ____
   $3 \times 7 =$ ____
   $3 \times 8 =$ ____
   $3 \times 9 =$ ____

Grulla chillona

Cualquier número que se multiplica por **1** es igual a ese número.
Cualquier número que se multiplica por **0** es igual a **0**.
Multiplica los números. Escribe el **producto**.

3. $1 \times 2 =$ ____
   $1 \times 1 =$ ____
   $1 \times 3 =$ ____
   $4 \times 1 =$ ____
   $1 \times 6 =$ ____
   $5 \times 1 =$ ____
   $7 \times 1 =$ ____
   $1 \times 8 =$ ____

4. $3 \times 0 =$ ____
   $0 \times 2 =$ ____
   $0 \times 4 =$ ____
   $6 \times 0 =$ ____
   $5 \times 0 =$ ____
   $0 \times 9 =$ ____
   $0 \times 8 =$ ____
   $0 \times 1 =$ ____

Más multiplicaciones

El orden de los números no importa en la multiplicación.
4 x **2** es lo mismo que **2** x **4**.

 =

Multiplica los números. Escribe el **producto**.

Cuenta de **4** en **4**.   Cuenta de **5** en **5**.

1. **4** x **2** = _____   2. **5** x **2** = _____
   4 x **3** = _____   **5** x **3** = _____
   4 x **4** = _____   **5** x **4** = _____
   4 x **5** = _____   **5** x **5** = _____
   4 x **6** = _____   **5** x **6** = _____
   4 x **7** = _____   **5** x **7** = _____
   4 x **8** = _____   **5** x **8** = _____
   4 x **9** = _____   **5** x **9** = _____

Practica estos elementos.
Escribe los **productos**.

3. **4** x **5** = _____   4. **8** x **0** = _____
   3 x **3** = _____   **5** x **4** = _____
   5 x **7** = _____   **3** x **7** = _____
   5 x **1** = _____   **4** x **8** = _____
   3 x **6** = _____   **5** x **9** = _____
   2 x **7** = _____   **2** x **5** = _____
   4 x **3** = _____   **4** x **4** = _____
   2 x **9** = _____   **4** x **7** = _____

Chimpancé

Más multiplicaciones

Horizontales

1. 5 × 2
2. 8 × 3
3. 5 × 6
4. 4 × 3
5. 8 × 2
6. 7 × 5
7. 6 × 2
8. 2 × 9
9. 8 × 5
10. 5 × 5
11. 3 × 7
12. 8 × 3

Zorra roja

Verifica las respuestas con los números verticales.

Verticales

1. 7 × 2
2. 5 × 4
3. 8 × 4
4. 4 × 4
5. 5 × 3
6. 4 × 8
7. 6 × 3
8. 2 × 5
9. 9 × 5
10. 7 × 3
11. 4 × 6
12. 7 × 4

División entre 2

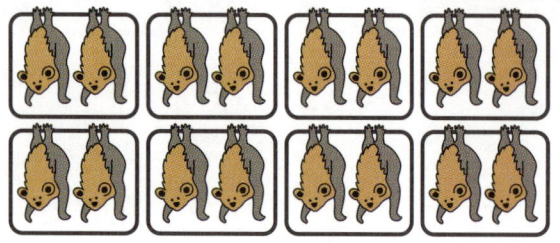

Hay __8__ conjuntos de dos en **16**.

16 ÷ 2 = __8__

Murciélago orejudo de Townsend

Divide los números. Escribe el **cociente** (la respuesta).

1. Hay _____ conjuntos de dos en **4**.   Hay _____ conjuntos de dos en **6**.
   4 ÷ 2 = ___   **6 ÷ 2 = ___**

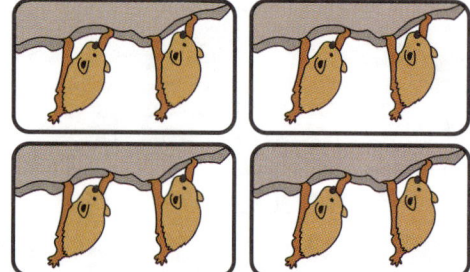   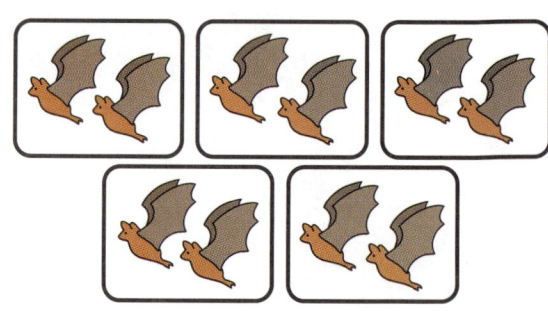

2. Hay _____ conjuntos de dos en **8**.   Hay _____ conjuntos de dos en **10**.
   8 ÷ 2 = ___   **10 ÷ 2 = ___**

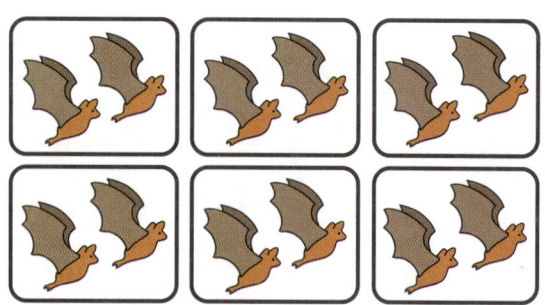   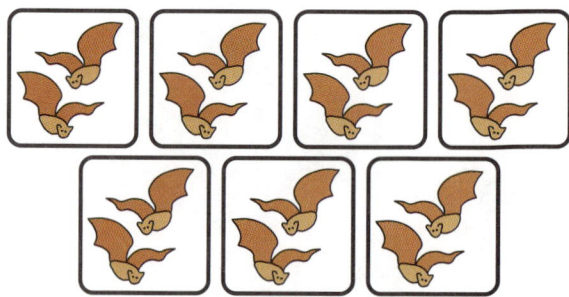

3. Hay _____ conjuntos de dos en **12**.   Hay _____ conjuntos de dos en **14**.
   12 ÷ 2 = ___   **14 ÷ 2 = ___**

División entre 3

Hay __8__ conjuntos de tres en **24**.

24 ÷ 3 = __8__

Canguro

Divide los números. Escribe el **cociente**.

1. Hay _____ conjuntos de tres en **6**.   Hay _____ conjuntos de tres en **9**.

   6 ÷ 3 = _____   **9 ÷ 3 =** _____

2. Hay _____ conjuntos de tres en **12**.   Hay _____ conjuntos de tres en **15**.

   12 ÷ 3 = _____   **15 ÷ 3 =** _____

3. Hay _____ conjuntos de tres en **18**.   Hay _____ conjuntos de tres en **21**.

   18 ÷ 3 = _____   **21 ÷ 3 =** _____

Familias de elementos

Si conoces los elementos de la multiplicación, estás listo para la división.

Rinocerontes

$$\begin{array}{r}2\\ \times\,3\\ \hline 6\end{array} \quad \begin{array}{r}3\\ \times\,2\\ \hline 6\end{array}$$

$6 \div 3 = 2$
$6 \div 2 = 3$

Escribe los números que faltan en cada **familia de elementos**.

1.
$$\begin{array}{r}2\\ \times\,4\\ \hline \Box\end{array} \quad \begin{array}{r}4\\ \times\,\Box\\ \hline 8\end{array}$$

$8 \div 2 = \Box$
$8 \div \Box = 2$

2.
$$\begin{array}{r}3\\ \times\,5\\ \hline \Box\end{array} \quad \begin{array}{r}5\\ \times\,\Box\\ \hline 15\end{array}$$

$15 \div 5 = \Box$
$15 \div \Box = 5$

3.
$$\begin{array}{r}2\\ \times\,\Box\\ \hline 14\end{array} \quad \begin{array}{r}7\\ \times\,\Box\\ \hline 14\end{array}$$

$\Box \div 2 = 7$
$14 \div \Box = 2$

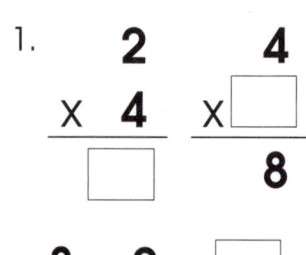
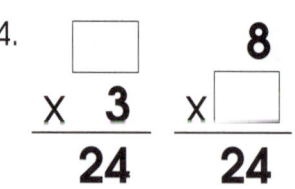

4.
$$\begin{array}{r}\Box\\ \times\,3\\ \hline 24\end{array} \quad \begin{array}{r}8\\ \times\,\Box\\ \hline 24\end{array}$$

$24 \div \Box = 8$
$24 \div \Box = 3$

5.
$$\begin{array}{r}5\\ \times\,\Box\\ \hline 30\end{array} \quad \begin{array}{r}6\\ \times\,5\\ \hline \Box\end{array}$$

$30 \div \Box = 6$
$30 \div 6 = \Box$

6.
$$\begin{array}{r}4\\ \times\,7\\ \hline \Box\end{array} \quad \begin{array}{r}\Box\\ \times\,4\\ \hline 28\end{array}$$

$28 \div \Box = 4$
$\Box \div 4 = 7$

Vuelve a escribir estos elementos de multiplicación como elementos de división.

7. $4 \times 3 = 12$ $6 \times 3 = 18$ $3 \times 7 = 21$

___ ÷ ___ = ___   ___ ÷ ___ = ___   ___ ÷ ___ = ___

___ ÷ ___ = ___   ___ ÷ ___ = ___   ___ ÷ ___ = ___

División entre 4 y 5

Salmón

Encierra en un círculo el pez para indicar **15 ÷ 5**.
¿Cuántos grupos de **5** hay? _____

Ballena azul

Divide los números. Escribe el **cociente**.

1. 8 ÷ 4 = _____
    12 ÷ 4 = _____
    16 ÷ 4 = _____
    20 ÷ 4 = _____
    24 ÷ 4 = _____
    28 ÷ 4 = _____
    32 ÷ 4 = _____
    36 ÷ 4 = _____

2. 10 ÷ 5 = _____
    15 ÷ 5 = _____
    20 ÷ 5 = _____
    25 ÷ 5 = _____
    30 ÷ 5 = _____
    35 ÷ 5 = _____
    40 ÷ 5 = _____
    45 ÷ 5 = _____

Practica los elementos.

3. 6 ÷ 3 = _____
    10 ÷ 2 = _____
    20 ÷ 4 = _____
    20 ÷ 5 = _____
    25 ÷ 5 = _____
    8 ÷ 4 = _____
    16 ÷ 4 = _____
    21 ÷ 3 = _____

4. 4 ÷ 2 = _____
    15 ÷ 5 = _____
    20 ÷ 2 = _____
    12 ÷ 3 = _____
    18 ÷ 2 = _____
    10 ÷ 5 = _____
    12 ÷ 2 = _____
    28 ÷ 4 = _____

Multiplicación y división

Oso de antifaz

0)24 Dividir entre **cero** no tiene sentido.

Lee cada problema.
Escribe el **producto** o **cociente**. (Recuerda: nunca dividimos entre 0).

1.
   2 × 2   9 × 0   5 × 9   4 × 8   5 × 6

2.
   2)14   4)24   4)12   3)21   5)40

3.
   5 × 7   4 × 4   2 × 9   5 × 1   3 × 9

4.
   3)9   5)35   4)8   4)36   4)16

Carla quiere comprar estampillas de animales. Tiene **28** centavos. Cada estampilla cuesta **7** centavos. ¿Cuántas estampillas puede comprar? _____

Multiplicación

Delfín de río

Recuerda, la multiplicación es la repetición de sumas.

Multiplica los números. Escribe el **producto**.
Cuenta de **6 en 6**.

1. **6** x **2** = _____
   6 x **3** = _____
   6 x **4** = _____
   6 x **5** = _____
   6 x **6** = _____
   6 x **7** = _____
   6 x **8** = _____
   6 x **9** = _____

Cuenta de **7 en 7**.

2. **7** x **2** = _____
   7 x **3** = _____
   7 x **4** = _____
   7 x **5** = _____
   7 x **6** = _____
   7 x **7** = _____
   7 x **8** = _____
   7 x **9** = _____

Practica estos elementos.
Escribe los **productos**.
Cuenta de **8 en 8**.

3. **8** x **2** = _____
   8 x **3** = _____
   8 x **4** = _____
   8 x **5** = _____
   8 x **6** = _____
   8 x **7** = _____
   8 x **8** = _____
   8 x **9** = _____

Cuando el número **9** se multiplica por un número de una cifra, el **producto** siempre suma **9**. Cuenta de **9 en 9**.

4. **9** x **2** = 18   **1** + **8** = 9
   9 x **3** = _____   **2** + **7** = _____
   9 x **4** = _____   **3** + **6** = _____
   9 x **5** = _____   **4** + **5** = _____
   9 x **6** = _____   **5** + **4** = _____
   9 x **7** = _____   **6** + **3** = _____
   9 x **8** = _____   **7** + **2** = _____
   9 x **9** = _____   **8** + **1** = _____

©School Zone® Publishing Company

Multiplicación por 6, 7, 8 y 9.

Multiplicación de números de dos cifras por una cifra

```
      3
     1 8
   ×   4
   ─────
       2
```

```
      3
     1 8
   ×   4
   ─────
     7 2
```

1. Multiplica las **unidades**.
   4 × 8 = 32
   Reagrupa las 3 decenas.

2. Multiplica las **decenas**.
   4 × 1 = 4
   4 decenas + 3 decenas = 7 decenas

Elefante africano

Encuentra el **producto** de cada problema.

1. 29×3   12×6   24×8   13×4

2. 16×4   33×5   36×3   18×2

3. 61×8   52×7   47×3   91×9

4. 98×2   34×8   40×6   14×7

© School Zone® Publishing Company

Multiplicación de números de tres cifras por una cifra

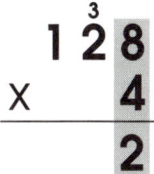  

1. Multiplica las **unidades**.
   $4 \times 8 = 32$
   Reagrupa las 3 **decenas**.

2. Multiplica las **decenas**.
   8 decenas + 3 decenas = 11 decenas
   Reagrupa el **ciento**.

3. Multiplica los **cientos**.
   4 cientos + 1 ciento = 5 cientos

Multiplica para encontrar el **producto** de cada problema. Enseguida encuentra los **productos** en el rompecabezas de números.

1. 318   164   408
   × 3   × 5   × 6

2. 237   128   333
   × 8   × 2   × 7

3. 350   508   143
   × 2   × 4   × 6

Gorila montañés

8	2	8	5	8	7	9
5	2	7	1	2	1	3
0	1	0	3	8	5	2
2	3	0	4	4	9	5
8	2	4	4	2	5	6
0	2	3	3	1	4	7

Palabras clave de la multiplicación

Algunas palabras a veces significan multiplicar. Algunas palabras clave de la multiplicación son: **cuántos** y **cuánto**. Cuando multiplicas, estás sumando números.

Un chita puede abarcar hasta **20** pies de distancia en una sola zancada cuando se mueve a la velocidad máxima. ¿Cuántos pies podría abarcar en **6** zancadas?

1. **Lee** el problema con mucha atención.
2. **Observa** las palabras clave.
3. **Decide** qué debes hacer.
4. **Resuelve** el problema.

```
   20
 x  6
 ---
  120
```

El chita puede abarcar **120** pies en **6** zancadas.

Lee y resuelve cada problema.

1. Si un gibón puede abarcar **12** pies en una sola columpiada en la selva, ¿cuántos pies puede abarcar en **9** columpiadas?

2. Un elefante en su hábitat salvaje necesita aproximadamente **400** libras de comida al día. ¿Cuántas libras de comida necesitaría en **7** días?

3. Un oso grizzly puede comer **85** libras de pescado, pasto y hojas al día durante el verano y el otoño. ¿Cuántas libras de comida comería en **8** días?

Palabras clave de la división

La división no tiene muchas palabras clave. La mayoría de las veces se usa **cuántos**. Y la mayoría de las veces se utiliza el término **cada uno**. Cuando divides, estás separando algo en partes iguales.

20 peces
4 grupos
¿Cuántos peces hay en cada grupo?

1. **Lee** el problema con mucha atención.
2. **Observa** las palabras clave.
3. **Decide** qué debes hacer.
4. **Resuelve** el problema.

$$\begin{array}{r} 5 \\ 4\overline{)20} \\ \underline{20} \\ 0 \end{array}$$

Hay **5** peces en cada grupo.

Lee y resuelve cada problema.

1. **21** pájaros
   7 jaulas
   ¿Cuántos pájaros
   hay en cada jaula? _____

2. **45** barras de pan
   9 elefantes
   ¿Cuántas barras de pan
   hay para cada elefante? _____

3. **30** plátanos
   6 monos
   ¿Cuántos plátanos
   hay para cada mono? _____

4. **63** leones
   9 leones en cada grupo
   ¿Cuántos grupos de leones hay? _____

León asiático

Problemas razonados de división

Los alumnos de la Sra. Smith irán a un paseo al zoológico. Hay **20** estudiantes en la clase. Cada una de las camionetas de la escuela puede llevar a **5** estudiantes. ¿Cuántas camionetas se necesitan?

1. **Lee** el problema con mucha atención.
2. **Observa** las palabras clave.
3. **Decide** qué debes hacer.
4. **Resuelve** el problema.

4 camionetas se necesitan

$$5\overline{)20}$$
$$\underline{20}$$
$$0$$

Lee y resuelve cada problema.

1. Hay **24** libras de pescado. Se tiene que alimentar a **8** focas. ¿Cuántas libras de pescado hay para cada foca?

   _____

2. Shana tiene **18** tarjetas de animales. Las quiere regalar a **3** amigos. ¿Cuántas tarjetas deberá dar a cada amigo?

   _____

3. La biblioteca de la escuela tiene **42** libros de animales. Un grupo de **6** estudiantes comparte los libros para un trabajo escolar. ¿Cuántos libros tendrá que leer cada estudiante?

   _____

4. Un chimpancé tiene por lo general un bebé cada **4** años. ¿Cuántos bebés podrá tener en **28** años?

   _____

Hoja de respuestas

Página 1
1. 7, 2, 5, 7
2. 6, 9, 6, 6
3. 9, 5, 9, 9
4. 2, 2, 4, 2
5. 13, 13, 6, 6
6. 5, 5, 8, 8
7. 16, 16, 7, 16
8. 8, 12, 8, 4

Página 2
1. 6 + 8 = 14   3 + 12 = 15   7 + 8 = 15
   8 + 6 = 14   12 + 3 = 15   8 + 7 = 15
   14 − 6 = 8   15 − 3 = 12   15 − 7 = 8
   14 − 8 = 6   15 − 12 = 3   15 − 8 = 7

2. 2 + 18 = 20   20 + 20 = 40   12 + 13 = 25
   18 + 2 = 20   20 + 20 = 40   13 + 12 = 25
   20 − 2 = 18   40 − 20 = 20   25 − 12 = 13
   20 − 18 = 2   40 − 20 = 20   25 − 13 = 12

3. 3 + 5 = 8   9 + 0 = 9
   5 + 3 = 8   0 + 9 = 9
   8 − 3 = 5   9 − 0 = 9
   8 − 5 = 3

Página 3

1.9	2	2.7	5		3.6	4.5
6			4		3	3
		6.7	7.6	8.9	2	
		9.4	3	0	10.9	1
11.8		12.9		13.6		
14.3	3		15.5	5	1	

Página 4
1. 800, 750, 621, 400
2. 918, 900, 834, 910
3. 862, 600, 700, 820
4. 897, 850, 835, 800

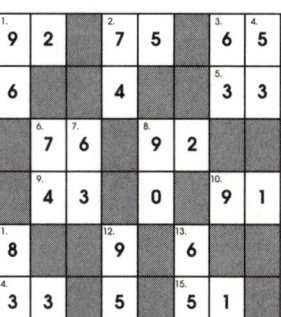

Página 5
1. 59, 55, 24, 89, 25
2. 58, 44, 59, 99, 82
3. 29, 85, 62, 100, 108

Página 6
1. 19, 21, 36, 47
2. 33, 56, 65, 76
3. 17, 32, 46, 59
4. 19, 26, 39, 89
5. 319, 351, 721, 976
6. 572, 711, 897, 999
7. 100, 124, 231, 702
8. 308, 416, 596, 788
9. 36, 98, 102, 419
10. 42, 56, 789, 813

Página 7
1. 43, 15, 39, 61
2. 1, 45, 8, 42
3. 49, 38, 49, 9
4. 55, 36, 27, 65

Página 8
1. 112, 131, 210, 207
2. 148, 76, 542, 112
3. 105, 207, 945, 321
4. 205, 305, 550, 235

Página 9
1. 500 + 60 + 2
2. 900 + 50 + 3
3. 300 + 70 + 5
4. 600 + 10 + 7
5. 100 + 0 + 9
6. 7 cientos + 4 decenas + 9 unidades
7. 5 cientos + 1 decena + 4 unidades
8. 9 cientos + 3 decenas + 6 unidades
9. 3 cientos + 9 decenas + 8 unidades
10. 6 cientos + 1 decena + 7 unidades

Página 10
1. unidades
2. cientos
3. miles
4. miles
5. decenas
6. unidades
7. 1
8. 4
9. 2
10. 7
11. 5
12. 7

Página 11

1.2	6	2.8			3.3	9	4.7
9		4	7	8	0		3
5		7.3	3	3	3		9
8.9	0	3	5		9.6	10.2	2
			4			5	
11.6	7	12.8		13.5	14.3	9	0
15.8	1	2	6		16.1	9	0
5		17.2	5	5	0		

Página 12
1. >, miles
2. <, cientos
3. >, unidades
4. <, decenas
5. <, decenas
6. >, miles
7. >, decenas
8. 675; 6,075; 6,507; 6,705
9. 987; 4,279; 4,297; 7,942
10. 56; 506; 6,052; 6,502
Desafío: 9,631

Página 13
1. 5,863; 6,385; 5,813
2. 9,022; 9,004; 8,106
3. 6,683; 8,852; 7,932
4. 8,113; 7,621; 8,173

Página 14
1. 1,084; 1,084; 294
2. 1,465; 1,855; 2,301
3. 2,722; 3,929; 2,404
4. 3,826; 3,740; 2,207

Página 15
1. 30	2. 90	3. 60	4. 90
20	60	20	50
60	30	30	40
40	80	40	70
30	40	20	0
60	30	90	80

Página 16
1. 8, 10
2. 12, 18
3. 16, 14

Hoja de respuestas

Página 17
1. 4   2. 6   3. 2   4. 0
   6   9   1   0
   8   12   3   0
  10   15   4   0
  12   18   6   0
  14   21   5   0
  16   24   7   0
  18   27   8   0

Página 18
1. 8   2. 10   3. 20   4. 0
  12   15   9   20
  16   20   35   21
  20   25   5   32
  24   30   18   45
  28   35   14   10
  32   40   12   16
  36   45   18   28

Página 19

Página 20
1. 2 conjuntos de dos en 4   3 conjuntos de dos en 6
   4 ÷ 2 = 2   6 ÷ 2 = 3

2. 4 conjuntos de dos en 8   5 conjuntos de dos en 10
   8 ÷ 2 = 4   10 ÷ 2 = 5

3. 6 conjuntos de dos en 12   7 conjuntos de dos en 14
   12 ÷ 2 = 6   14 ÷ 2 = 7

Página 21
1. 2 conjuntos de tres en 6   3 conjuntos de tres en 9
   6 ÷ 3 = 2   9 ÷ 3 = 3

2. 4 conjuntos de tres en 12   5 conjuntos de tres en 15
   12 ÷ 3 = 4   15 ÷ 3 = 5

3. 6 conjuntos de tres en 18   7 conjuntos de tres en 21
   18 ÷ 3 = 6   21 ÷ 3 = 7

Página 22
1. 8, 2   2. 15, 3   3. 7, 2
   4, 4   3, 3   14, 7

4. 8, 3   5. 6, 30   6. 28, 7
   3, 8   5, 5   7, 28

7. 12 ÷ 4 = 3   18 ÷ 6 = 3   21 ÷ 3 = 7
   12 ÷ 3 = 4   18 ÷ 3 = 6   21 ÷ 7 = 3

Página 23
3 grupos de 5
1. 2   2. 2   3. 2   4. 2
   3   3   5   3
   4   4   5   10
   5   5   4   4
   6   6   5   9
   7   7   2   2
   8   8   4   6
   9   9   7   7

Página 24
1. 4, 0, 45, 32, 30
2. 7, 6, 3, 7, 8
3. 35, 16, 18, 5, 27
4. 3, 7, 2, 9, 4
   4 estampillas

Página 25
1. 12   2. 14   3. 16   4. 18, 9
  18   21   24   27, 9
  24   28   32   36, 9
  30   35   40   45, 9
  36   42   48   54, 9
  42   49   56   63, 9
  48   56   64   72, 9
  54   63   72   81, 9

Página 26
1. 87, 72, 192, 52
2. 64, 165, 108, 36
3. 488, 364, 141, 819
4. 196, 272, 240, 98

Página 27
1. 954; 820; 2,448
2. 1,896; 256; 2,331
3. 700; 2,032; 858

Página 28
1. 108 pies
2. 2,800 libras
3. 680 libras

Página 29
1. 3 pájaros
2. 5 barras de pan
3. 5 plátanos
4. 7 grupos

Página 30
1. 3 libras
2. 6 tarjetas
3. 7 libros
4. 7 bebés